歌集

白いさざんか

滝田倫子

砂子屋書房

*目次

I　風をみている

歌集　白いさざんか

装本・倉本　修

I　風をみている

（平成二五年四月～二六年一二月）

水奔る

ひと日ひと日切に重ねしこの冬をめくりたるがに紅梅ひらく

春の光すくいゆく手に体調を気づかいてのする蕗の薹ふたつ

息こらし黄蝶のゆくえ見まもりぬ薺《なずな》の向こう風になるまで

水奔るそのいきおいに揉まれゆく花の一片ああと叫びて

祈りつつ流れにわれを乗せゆかん今年の木の芽が小さく覗く

はじめての入院生活の五か月は生くるということ教えくれにし

眉月のゆうぞら高き花びらのふくらむ気配しいんと充つる

一本の水仙のみがある部屋に姑が残せし「大乗」をよむ

さくら

風に散る桜はなびら手に受けて来るはずのなき人を待ちおり

つらきことこらえておれば桜ばな枝撓わせてしなわせて垂る

臆病になりてしまえり病みてより咲き満つることの不安が募る

成熟をどこかに拒むわれなれば桜のつぼみに手を触れつづく

のちの世は白き花にぞ生まれたし刻を鎮めてさくらは咲けり

雪柳の花を乱してあらわれし猫は身重の腹ゆすりゆく

春ふかき夕暮れの道ぎんいろの自転車瞬時にわが前をゆく

亡き母と因幡《いなば》の里にもとめたる椿の皿に柏餅おく

黄色のブラウス

うす切りのチーズのような月のこり浅黄いろなる五月の空は

突風があじさいの葉をゆらしゆく旧姓のわが名呼ばれたような

白蝶はふいに向きかえ降りたちぬ空豆ばたけの麦わら帽子

山法師ひかり溜めいる昼さがり西行の声かすかに聞こゆ

えんがわに脱ぎ捨てられし夫のシャツ青葉の風が袖とおりゆく

病みし日に届いた葉書のコスモスを秘密のように引出しに持つ

黄を点す金雀枝の花をかかえきて子は顔色のよきを言うなり

さやさやと入りくる風が軽いから今日は黄色のブラウス着よう

あじさいの道

雲間よりこぼれてきたる陽のやわし病院通りに白のあじさい

風を抱く欅大樹の下に立ちこれまでのこととこれからのこと

ひらきみる植物図鑑の海草に心あずけてゆらゆらとおり

人来れば戸棚のうしろに隠れいし子がてきぱきと笹巻つくる

いつか来しこの坂の道父よりも長く生きさて夏草をふむ

どくだみの白がけぶらう背戸裏に亡き母といる髪湿めるまで

今たしかに初蟬なけり買いかえし日傘かたむけ裏みちをゆく

水色の切子の皿の水まんじゅう雨上りたる部屋は明るむ

夏の詩

狐色のトースト半分に割きし後昨日とちがう今日が始まる

いつみても人のすわらぬ腰掛けに帽子おかるる午後の公園

いちじくの小暗き葉かげひっそりと猫ねむりいて八月迫る

あじさいが重たく揺れいる風の駅ふりむかずゆく若き父の背

鬼灯の鉢を掲げくる少女子の素足の爪がうすく伸びおり

いちにちを咲ききって終わる夏椿切に生きよと寂聴は言う

みどりごを乗せて押しゆく若夫婦うば車ごと夕日がつつむ

湿りたる風通りゆく遠空にもう見つからぬわれの彦星

二粒のぶどう

つぎつぎに上りつつ咲く立葵母逝きにし日の空を深めて

花束に似合わぬ薊の咲く土手を選びて歩む心澄むまで

川の面に光ためいる静けさをすこし壊して風わたりゆく

いくたりの手に撫でられし村地蔵目も鼻も無きおっとり笑みて

ガラス鉢に二粒のぶどう残されて子らは去にたり蟬鳴きしきる

人住まずなりにし家の草むらに名知らぬ花が紅を深むる

水色の泉をだきて明日を待つあさがおのつぼみ五つに触るる

昼間聞きし蜻蛉の羽音やさしみて寝むれずおれば雨音がする

秋が添いくる

かなしみの遠景として穂すすきの道はつづけり人をもとめて

亡き母の古りし便りを開きおれば文字の間《あい》より川音きこゆ

夏山がおんおん叫ぶ昼下がり一番冷たい氷菓をさがす

気まぐれの日照り雨ふる午後の四時心倦みくる花の無いへや

朴の花咲きて真白き夕つかた耳そばだててことばを待てり

沈みゆく陽のぬくもりに湧きもどる人を傷つけたりしことばが

コンビニのおでんの幟風にゆれ五十円セールの赤き太文字

藻の花のただよう川辺を歩みつつ体の中の力たしかむ

生家の背戸

妻残し東路をゆく防人も触れて行きしかこの銀すすき

つかの間の影を残して飛び去りし胸白き鳥それよりの寂

さわだてるものを鎮めて寄る窓に今年のさざんかくっきりと白

たとう紙に母の遺しし御召あり空の樟脳の袋散りぼう

萩咲ける生家の背戸にむらさきの縞の御召の母がふりむく

夕雲がうすずみ色に変わりゆく遠まわりして裏の木戸まで

緊まりゆく夜空に十日の月みえてすこし長めのセーターを着る

耳掻きの頭につきいる小坊主にもの言いてみる長かる夜を

橅の森

いっときに咲きそろいたるさざんかの白に添いゆく心洗いて

角ひとつ曲れば風の匂いして手の切れそうな黄なるつわぶき

野ぶどうの蔓からまれる道の辺に青いベストの犬と出会えり

もみじ葉の吹き溜まり二つこえて来し店先に並ぶ寸胴大根

群がりて野菊は咲けりむらがりてそこに動かぬものの悲しみ

読みさしの本に栞を入れしとき地を走りゆく葉の音をきく

坂道に息あえぎつつ見上ぐれば夕日集めて橅《ぶな》の葉光る

森へ入る小径の橅の大木の黄色まぶしむ夫のかたわら

裏のほそみち

ふるえつつ唐辛子あかく点りおり水霜さむき裏のほそみち

冬雲を映してしずもる水溜り飛びこえたらば元気になれるか

取り出せる引出しの中の色鉛筆黄色のみ減りて秋逝かんとす

何恋うて入り来しならん縁がわに老ゆる蟷螂うごけずにいる

うす青き目薬をさす午後四時のまならうらに燃ゆる裏山もみじ

靴先のいちょうの落葉を蹴ちらして夫を待ちおり駅前広場

丈低き樹にも日暮れは近づきて木の葉をおとす風をみている

迷いなどあらぬ清しさ夜の瓶にまっすぐに立つ冬の水仙

真みどり

万年青《おもと》とはよろしき字なり正月の床に活けたる深き真みどり

髪すこし切りて迎えし新年にお願いをする元気なからだを

さいさいと川の音せり神社への道にひろいしまっ赤な椿

父の遺しし茶碗にあつき茶を点つる外の粉雪なかなか止まぬ

来るあてのなき文を待つ窓の辺に雪けちらして鳥がとび立つ

はじめての子を授かりしかの夏を熱く思えり空明るめば

春告ぐるフリージャ瓶に投げ入れて今を一番若しとおもう

飾り終えて雛の口もとゆるびしをやわくつつめり雪洞《ぼんぼり》の灯は

還る

わたくしが私に還りゆくところ茶の花白くつづくこの道

舗道《しきみち》に春の光が動きたり薄いコートが角まがりくる

遂げざりしを思いつつゆく十字路の信号の赤そのまま変わらず

ねこやなぎ弾みはずみて揺れており芥吹き寄る川のほとりに

一病を深くかかえてゆく道の風はのびたる髪をあそばす

降る雨はささやくごとし庭石に鳥が落としし赤き実ひかる

小さき窓あけし思いに見上げおり庭明るめて臘梅ひらく

あともどりできぬ時間を共に生きくり返し洗う夫の靴下

はなもも

窓ちかくはなももすこし膨らみて三月となる曙いろの
うすものをハンガーに吊す昼下がり一人のみなる旅してみたし

昨夜からの不安そのまま抱えきて馬酔木の房のふくらみに会う

爆ぜざりし花火のような午後三時ちさきグラスに菜の花を盛る

今日よりは異界の人となりにけり菊に埋もれしお顔のやさし

まっさらの柩という舟こぎ出でて何処へゆくや雲まだ晴れぬ

雨の匂い濃くなるゆうべ平安の歌びと来んか衣ずれさせて

近松の曾根崎心中みし夜はお初《はつ》の心となりて眠れず

春の雷

透明の傘にのりたるさくらばな言い訳しないと決めて歩めり

言いたきをこらえておれば春の雷ことばとなりて響き渡れり

若葉の道ぬけくる風のさわだてり誰かがたしかに私を呼ぶ

かしわもち葉ごと食ぶれば古里の森がひろがる小さき川も

澄みとおる空をゆらして散る花の下を歩みて喪の家に着く

口ぐちにいい人だったとほめられて百歳の媼さくらに消ゆる

ゆうぐれの駅のホームはこみあいて顔無き人ら忙しげにゆく

菜の花の間より風は流れきて因幡《いなば》なまりの義母おもうなり

夏帽子

今日の雨深きみどりと書きだせるはがきの文字に心さわげり

雨冠《あめかんむり》とは優しき言葉、水溜りに雲ゆれおりて春逝かんとす

雪柳枝なめらかにしなわせて庭に垂れおり歩きださぬか

夏帽子まぶかく被りゆく道に蝶はあそべり胸にさやりて

川の底ふかく透りて小石みえゆっくり生きよと母の声する

ほそき道遠回りして手に触るるつつじの茂みに母は消えたり

ま白なる藤とわれとがいるだけのこの空間になじむひととき

山の端の入口ののちの夕あかり神のひかりと今一つなり

夏は来ぬ

少年のうすき耳にも夏は来ぬさやさや通う風をとどめて

われのみの夏をさがしてゆく道にねじ花咲けり草に隠れて

T字路の果てにあじさい青く咲き身重の猫がうずくまりおり

なかぞらに青葉のけぶる昼さがり甘夏さげて娘くるなり

あたたかい小雨に制帽ぬらしつつ真っ直ぐにくる青い自転車

きっとこれは湖のにおいわが奥のふるえるものに水草そよぐ

青銅《ブロンズ》の男はギターをかきならす夢中というをふいにまぶしむ

しんみりと語りかけくる夕日なりつつじ刈り終えて夫歩みくる

父よ

窓の辺に今年の風鈴吊すなりあの夏の風まぎれておらん

インド綿の藍ののれんを抜けてくる風は乾けり梅雨の合間の

数式の解けざるままに仰ぎたる十五歳《じゅうご》の空は真っ青なりき

日のあたるほうに日傘を傾けて茄子の花さく裏通りゆく

みずおとの幽《かそ》けくひびく道を来て蛍袋のむらさきに会う

父よ父よ、螢袋が咲きました担がれてゆきし遠い水無月

口きかぬ少女子となり日暮れ待つ鉢にすっと百合立ち上る

夕顔をかぞえておれば螢よぶ小学生の声とおく聞こゆる

定家かずら

笹舟が波にもまれて流るるを追いかけたりし遠きかの夏

十五歳の夏に戻らん恋知らぬ妹が噛みいしほおずきの音

ひまわりが首傾げいる昼さがり木の陰つたいてポストへ急ぐ

刈りたての少年の髪ひんやりとすれちがいたり萩のさく道

はからずも安らいでおり老木の幹のくぼみに指を触れいて

まどろみし後にふれくる夏の風たそがれちかき髪は湿りて

風止みし夕べの庭にこぼれくる定家かずらの黄《き》のはなびらは

足ほそきグラスのワインを傾けて夜のテレビに登紀子は唄う

白いさざんか

夕闇にさざんか白くただよえり呼ばるるように近づいてゆく

病いえて出会う今年のさざんかの白に見入れり溺るるほどに

さきがけて咲くさざんかの白きいろ薄き単《ひとえ》は神のたまもの

さざんかの透きとおりゆく薄明かり亡びし者へひざまずかしむ

生きてある今日の歩みに力乞う花の明かりの中のちちはは

冬草にひかり流るる道をきて初蝶のこえ聴きそびれたる

片がわに吹きよせられて走りゆく枯れ葉一枚いちまいの叫び

世にうとく拙かりしを子にわびて踏む薄ら氷《い》のかたきその音

一夜の霜

昨夜の庭に置きわすれたる花鋏はじきて光る一夜の霜を

きさらぎの空をせばむる梅の木にただ一つだけ花ひらきたり

ふぞろいのつらら尖れる窓の辺に鯨になりたい少年といる

君といれば私はいつしか透きとおりスカンポの道走りたくなる

わが内のよび水となり湧きもどる力確かなる亡き母のこえ

うす暗き二月の真昼ウインドの春のスカーフそこのみ明るし

いっせいに列車の扉《ドア》を開かせてわたし一人がぽとり降り立つ

夜の卓に食む菜の花のスパゲッティ夫がおぼえし得意の料理

母の吾亦紅

遠く来て初めて浴ぶる風の道奥の院へと夫と歩めり

半眼の面輪おだしきみ仏は高野の秋の風をききおり

秋くさの中に点れる吾亦紅《われもこう》の小暗き風に吹かれつつゆく

亡き母の好みてありし吾亦紅の紅のくらきにわが指触るる

待つ人の来たる思いに寄りゆきぬ石にすがれる秋のたんぽぽ

花時計の四時のあたりのパンジーは今日の終りの陽に傾けり

「春望」を音読すれば聞こえくる曠野さまよう杜甫の足おと

爪先の冷ゆる夕暮れわが好む白きさざんか開く日おもう

II　人であること

（平成二七年一月～二八年一二月）

わたくしの秋

汲みおきしバケツにざぶんと投げ入れる萩の小枝はわたくしの秋

中空を飛んでゆきたるシャボン玉見上ぐる猫の上に割れたり

みずひきの紅い小粒は葉隠れに秋のひかりを吸いてふくらむ

白萩の咲きしずもれる所より奥へ入りゆく「ミサ」という店

花時計の四時のあたりのパンジーは今日の終りの陽に傾けり

爪先の冷ゆる夕暮れ待ちわびし白いさざんかすこしふくらむ

千六本

大根を千六本に切るけさの窓につわぶきくっきりひらく

丈高き泡立草は手をひろげ秋のま中の空うばい合う

いわし雲空にひろごる昼さがり葬りの間をながらく佇てり

色うすくコスモス咲けり色の無い風に吹かるる病院通り

樹の陰に見え隠れするは亡き父かすすきの道はもう夕暮れて

新聞のちらしにのせて垣根より渡しくれたり泥つきの芋

水槽の目高傾ぎて泳ぎおりそばのシクラメンしずかに燃ゆる

冬の木馬

散りたまるさざんかの白わが鬱をごっそりとさらえこの広き空

遊園地の木馬がねむる昼さがり白いさざんかまた散りそむる

列なして鳥わたりゆく熟れ柿の一つ残せる古木を越えて

臘梅の花散る午後を逝きたりし父おもうなり川に沿う道

つわぶきの黄の眩しさの中にいて初めて呼ばれし奥さんとう声

つぎつぎと転ぶおちばの坂道を黒猫がゆく夕日に濡れて

のこり萩の白をつつみて暮れてゆく庭に老いたる蜂の動かず

やわらかき光を溜めてふくらめる紅梅をさすおさな子の指

埋み火

一つひとつ段上るごと歩みきて今年の臘梅の膨らみに会う

雪まじりの風に吹かるる板塀に素足の鳥が動けずにいる

飛び立ちて上へ上へとのぼりつつ木斛《もっこく》の葉の中につと入る

開きたるコンパクトの中の冬の空雲押し上げてさざんかが咲く

冬枯れの庭にそよりと裏がえる一枚だけの傷みしもみじ

春の花あふるる店に買い来たる菜の花活けん白き水盤に

埋み火に炭足しくれし祖母もいて灰明るかり昭和の冬は

しおたれてこの道ゆきし日を思う言い分けできずに友失いて

冬の素水《さみず》

ふっさりとトースト割きてみる窓に庭の山茱萸ひらき始むる

またしても人失いしこの冬の素水《さみず》は澄みていよよ冷たし

悲しみの嵩とも見えて溜りゆくシュレッダーの屑雨まだ止まず

叶えたき思いのありて瓶にさす冬のたんぽぽ枯らしてはならぬ

雛起こし母しのびつつ飾りおり生家の桃はふくらみていん

桃の花かすかに開く音のして男雛女雛が顔見合わする

雪の日に母が折りたる雛人形目も鼻も無きに笑みをたたうる

蕗のとう摘みて汚れし泥の手を音立てて洗う二月の水に

まっさらな春

窓あくれば沈丁花の香りきてまっさらな春を胸ふかく吸う

昨夜の風に裂けたる枝の傷口が匂いくるなり木戸をくぐれば

どんな時もわれの味方と言いくれし母を思いつつゆけるこの道

あなたとの記憶の中の川の面澄みたる青に鍵かけておく

春あさき竹林の里にみつけたる堅香子の花のうすき紅いろ

川に沿う桜の道を帰りきて花と語りし心ふくらむ

亡き母が糸をかがりて作りたる朱き手毬は書棚にならぶ

つつしみて誰にともなく祈るなり十日ほどなる白き月ある

拒まれて

すぎゆきの全てが消えてゆきそうな春の真水に素足を洗う

ゲンマンの小指の先のぬくもりを未だ忘れずまた春がきて

このままを小箱の中に隠しおかん誰にも言わぬ小さき秘密

ゆうぐれの人恋しきをかきたてて山鳥鳴けり遠くへゆかな

花冷えの夜にはこばれて来し訃報桜の花のようなりし人

卓上のこぶしの白に拒まれて出口なきまま壁にもたるる

きりしま

夏雲が力をこめて立ち上りわたしの町にも夏近づけり

青葉道ぬけくる風の騒だちて異性に会いたるようにときめく

夏帽子目深く歩むひるさがり草笛ひとすじ流れてゆけり

寄り合える親族《うから》とも見ゆ一本の枝に小粒の枇杷かたまりて

川沿いの竹林の道のきんぽうげむかしの色にいっせいに揺る

姫椿ちりし水際に歩を止めて女人いくたりの溜息をきく

掬いたる銀のスプーンのヨーグルト気怠きままに夕暮れてゆく

雨後の庭にきりしま三分開きたり姑が好みいしまっ赤なつつじ

朧月

今日よりは水無月となる追い風をひそかに呼びて朝の窓拭く

こでまりが庭いっぱいに咲く家の窓開かれてカーテンうごく

かくれんぼの鬼のいぬ間に風になる今日は妻にも母にもならぬ

相聞のことばを秘めてふくらめる雨後のあじさい誰も触るるな

空低く泣き出しそうな雲垂れて半分かわけるジーパン仕舞う

熟れ梅は甘く匂えり何ひとつ変わらぬ昼の木々の閑かさ

どくだみの白がけぶらう背戸裏は思いきり泣くわれ置くところ

ぼんやりと靄立ちこむる遠空のおぼろ月かな夫のかたわら

純白

純白は祈りの色なり夏椿しんみり咲ける下を歩めり

夏椿落つる幽かな音のして母がもどりている気配する

むらさきの傘傾けてゆく道にとうもろこしの葉ずれさやさや

風にしなう矢車草の道がすき買いしレタスが重たくなれり

たらの芽を食めば思ほゆ遠き日に父と歩きし細き杣道

決めかねし一つを抱えてゆく道に朱のバラ咲けり雨押し上げて

のぼりきて夏の夕日をみておりぬ笹百合の白を夫に言いつつ

寝んとして笹百合の白を想うなり私が私にかえりうるもの

夏の詩《うた》

すこやかに共にありたし夫の箸そろえ置くなり今朝の食卓

この道に咲き盛りいる百日紅つらかったろうに七十年は

百日紅みあぐる少年の耳白し汚るる言葉いまだ知らざる

声高に流るる川に沿いゆけば枝ひくくして合歓のうす紅

十字路をあとさき迷いて飛ぶ蜻蛉ちいさな体に何苦しむや

叶えたきひとつがあれば草叢にゆらりと高き笹百合に寄る

ふる里の小さき駅に降り立てば少女の日に見しあの空がある

ダージリン濃いめに入れて窓にきく何かが足りない秋の風音

吾亦紅

窓あけて空気の緊まりに気づきたりどこよりくるや木犀匂う

秋雨ののちの風音やさしくて母の命日指折りかぞう

風に鳴る吾《われ》亦《も》紅《こう》の道歩みきて居るはずのなき母の目に会う

雨上りの草叢に咲く吾亦紅ひともと折らんと靴を濡らせり

夫の窓すこし軋みてくもる日に葡萄を白磁の皿におきける

葡萄嚙むあまい微熱に浮かされて窓に見ている一羽の小鳥

庭さきの枯るるあじさい切り落とし心しずかに秋にま向う

夏草がはびこるままのこの庭に重そうな月のっそり上がる

金いろの葉

ゆうすげの便り届きし今朝の窓どこよりか来る木犀の匂い

石道の凹みにこぼるる秋の陽が爪先にあそぶすこしのあいだ

待ちていしさざんか庭に開きたり白き一重に息のみて寄る

一本の秋草のような少年が涼しき声におはようと言う

光りつつ過ぐる雨脚遠のけば花御所柿《はなごしょがき》はさらに色増す

鳥取因幡の自慢の甘柿「花御所」が晩秋の空を赤く染めくる

柿の葉の落ちつくしたる柿畑は広くつづきて熟れいろの波

一つだけマンゴープリン分けあいて縁に見ている仲秋の月

祈り

鎮めがたきさわだつものは何ならん今年のすすきが風に抗う

読みかけの本にはさみし銀紙はあの夏の日のチョコレートの香

旅先に忘れてきたる夏帽子ふいに思えり、土手にほおずき

冬ちかき土手にほおずき点れるを今日の至福の一つとなせり

北風がななめに吹きくる夕暮れの青信号のしずかな沈黙

濡れ髪をタオルにつつみ拭うときもう終りなる秋の雨音

ゆったりと語りかけくる夕日なり何とはなしに胸熱くなる

予感

落椿をま白き皿に浮かべたりも一人のわれに会える予感に

冬ちかき枯あじさいの真中より黄の蝶いでてよたよたと飛ぶ

リビングの窓ガラス拭きみる庭に小粒の金柑かがやいている

睡そうなこけし二つが肩よせる日溜りのような冬のリビング

枝奥に散り遅れたるさざんかがひらひらゆらぐ今を惜しみて

中空に和紙のようなる昼の月パパンと打ちてジーパンを干す

前の世に翼ありしかわが背《せな》のわずかな凹みが時おり痛む

くらがりの池に沈みしカンダタの悲鳴が聞こゆ、ま青なる空

茶花咲く道

新年のクラス会にて二胡《にこ》きけば誘われゆく清朝ロマンに

やるせなき二胡の音色によみがえる十七の恋は実ることなき

咲き長けて茎の伸びゆく水仙のその真っ直ぐを羨しと思う

一重なる椿のつぼみ一輪のかたくなさに知る睦月の庭に

白じろと茶の花の咲く道をきてようやくいつもの己れにかえる

閉じられしままのコンビニの赤き屋根冬の夕日がすべてをつつむ

片方の羽を痛むる折鶴が飛び立ちそうな窓の明るさ

泡だちのよき石鹼に身をつつみていねいに今日の悔しみ洗う

紅

風を抱き光いだきて膨らめる今年の牡丹の指ほどの紅

ほのぐらき椿大樹の下通り見あげる花のむかしのくれない

雪晴れのまぶしき朝を入り来る置き薬の男の甲高き声

筆圧に心くばりて書くたより川の音にも春がきてます

遠き日に炭小屋ありしと夫の言う今一面になずなが咲いて

春あらし木々のしずくをゆりこぼす耳をためる私も猫も

雪の夜ふたつの指を折りまげて姉と作りし梯子のくれない

夕暮れをゆふぐれと書くふくらかさ山も野原もしっとりとして

春のけはい

薄ら氷《い》のその危うさが好きですと便りに書きしをおもう三月

二、三日雨に濡れたる山茱萸がおそるおそるに花ひらきたり

置き去りにして来しことを宥めつつ春の甘藍《キャベツ》をていねいに剝ぐ

「人間失格」に溺れし少女期よぎるなりつんつん並ぶ水仙の前

角曲れば一本の坂のびいたり春の沫雪吹かれては消ゆ

ははそばの若き日の母おもうなり手にのせくれし山苺の実

すれちがう風の匂いが呼びおこす「春のうらら」を唱いし教室

雨のよる登美子の歌集ひらくなり春のけはいの佇むへやに

草の秀

母の手の消えて寂れし庭隅に牡丹は咲けり緋の色一つ

草の秀をすぎゆく風のふくらみはすでに夏なり白き靴はく

血を持たぬものみな優しスカンポの先に触れつつ畦道をゆく

縄文の乙女となりて寄りゆけり竹林に淡き堅香子の花

ふりむけば白葱畑を縫うように一両電車がトコトコ走る

平山郁夫の絵の中を吹く風のよし夫とあそびし奥入瀬の谷

ひろいたるビー玉が生む青き風耳にあてれば遠き日きこゆ

しらかみに太陽一つのぼらせて眠るおさなの指の朱の色

絹のブラウス

初夏の日を手に引きよせて窓の辺に釦を付ける絹のブラウス

花のない卓に五月の風入れて風のにおいをたしかめており

チェスの駒一つすすめて見る窓に桐のむらさき昨日より濃く

舗道《しきみち》に初夏のわくらば散りゆくを歩を止めて見るすこしのあいだ

母の日のプレゼントなるスニーカー娘《こ》とお揃いの紐は朱の色

わたくしを私が一番知っているそれは傲慢と聴聞に知る

蒼みつつ著莪《しやが》の花びら暮れのこりふみ子の歌をふいに思えり

緊まりゆく空に十日の月みえて悔恨さえも美しくする

水の音

水の音かすかに響く瀬戸道にわっと一群のどくだみ匂う

ふれたれば朝露こぼれあじさいに胸のあたりを濡らしてしまう

うすものの袖吹きぬけてゆく風が少年の背を追いこしてゆく

あこがるる津和野の空は曇りいて乙女峠のマリア像仰ぐ

紺の地に夢の一文字ある暖簾くぐりて啜る津和野の蕎麦を

鳥の声絶ゆる刹那の夕風は恋知りし日のうすきむらさき

分け入りて笹百合を手に笑みこぼす夫は少年水の音して

川向うは版画のごとき屋根ならび入日の中にわれも包まる

紺

夏風邪を引きて籠れる五、六日　目にやさしかり著莪《しやが》のふじいろ

はなびらにきらり小さき露みえて今日の力の一歩となせり

逃れたきこころを持ちて来し背戸に矢車草のくきやかなる紺

やぐるまの紺の深みに耳よせて逝きたる人のさざめきを聞く

われのみに無防備となる君ありて後ろ前なるゆるきTシャツ

子を負いて木槿さく道歩きしを呼び戻さるるひぐらし鳴けば

古りたりし昔の家の裏口に母がいそうな今日のゆうぐれ

やまぶきの母の佃煮おもわしむ雨の匂いがへやに満ちきて

十六夜の月

明日何があるかは知れぬこの畦に曼珠沙華咲く約束のごと

三十年会わざる友より電話受く切りしりんごがじんじん匂う

春の日に訪ねし鷗外の生れし家窓ひらかれて文机《ふづくえ》置かる

うす暗き土蔵の隅の大き壺のぞけば聞こゆ祖らいくたりの

縄跳びの大波小波にうまく乗りあの日の夕焼け独り占めせる

夕雲が昨日と変わらぬ位置にありふいにせつなし人であること

みずからの言葉に傷つきいるわれをすっぽり包む今日の落日

秋来しとひとこと言いてそれきりの夫とみている十六夜の月

秋の鏡

襟元のぶどうのブローチたしかめてのぞく鏡に秋がただよう

コスモスのま上の空が眩しかり嘘つきとおすつもりでいたが

あの時のあの落胆を思いだす私はやっぱりまちがっていた

姑《はは》さまの試歩せし道に萩咲けば古りし臙脂色の靴の思わる

白萩をしだるるままに抱えきて姑にもの言う明日十三回忌

まだわれに人を愛しむ力あり散りてあたらし白萩の嵩

あきあかね袖に止まらせしばらくを風とみている山里の汽車

思いきり肩をゆすってほしい日よ波まだ荒き川を見にゆく

Ⅲ　太古のひびき

（平成二九年一月〜三〇年七月）

祈り

神よりの後光ならんか真白なるさざんか咲けり祈りのように

待ちおりしこの花に今年も出会いたり一重の淡き白に息のむ

約束をするがごとくに咲きくるるさざんかに寄りて胸熱くする

踏みしだく者のおらねば屈まりて秋草の実の赤きを拾う

大股に水溜りまたぐ青年の広き肩巾にもくせい匂う

祖母《おおはは》に聞きし星合いのものがたり逢えぬというはまた美しく

目の端に一人の空気感じおり葡萄の一房卓におくとき

てのひらを窪めて零余子《むかご》を受けながら姑好みいしその飯《いい》憶う

さみしさは

窓ぎわにつわぶきの濃く咲きており一日ゆだねて心ととのう

今ここにこうして厨にあることをいとおしみつつ白菜きざむ

瓶《びん》の首に赤きリボンの白ワイン退院祝いに娘《こ》がくれしもの

さみしさは背よりどっと来たりけり枯葉一枚いちまいの音

ふる里の日野川に遊ぶおしどりの映像ながれ手を止めて見つ

少女の日の空に鳴きける夕がらす今宵激しくわれを呼びたつ

暮れそむる川に一羽の鷺立ちて身じろぎもせぬその赤き足

明日あるを信じて夕日に語りかけ五本の指をまっすぐのばす

冬のほおずき

いちまいの桜もみじの張りつける朝の車の助手席に乗る

散りいそぐ落ち葉の中に点りいるほおずきのあり今日誕生日

裏庭の金柑ことしも色づけば小鳥寄りきて児らもより来る

冬空の快晴にしてハンガーのパジャマの背中すこしさみしい

生きて知るかなしみいくつ風曳きて一両電車が葱畑をゆく

肺尖を病みし少女期とおくなり蚊帳吊草《かやつりぐさ》に遊びし日々も

決めおける瓶に桜を投げ入れてきれいと称う客より先に

銀のフォーク冷たき卓に光りおり何かはじまる先ぶれとして

三分ふくらむ

窓ちかく細かい雪が流れゆく紅梅すこしふくらめる朝

肩よせて咲く水仙に近づきて笑みをもらすや大くん六歳

赤き実を手にころがして寒き庭に空耳のような言葉を拾う

昼さがりポストへ歌稿を抱いてゆく茶の花つづく道を選びて

父の目を背《せな》に感じて振りむけど風吹くばかり父に会いたい

胸うちに星座を飼いし少女期のあやうさ今もどこかにありて

そら豆の殻の鳴る音きこえくる寺山修司の歌集ひらけば

わが一世いまどのあたり白梅は祈りのように一分ふくらむ

父よ

さざんかが風の形に散りゆけり痛いと小さき叫び上げつつ

雪どけの水音はずむ背戸にきて猫にやさしく物言いており

日溜りの坂の凹地に落ちている傷もつ椿をかがみて拾う

いさぎよく男を捨てて立ち去れる女の靴音ドラマの終りに

あの嘘が埋もれゆきたりわが身から汚れ消えさる雪道をゆく

いにしえの人ら起こしし火の色に空夕焼けてだれも通らず

ほろ酔えばアリラン歌う父なりきいくたびか聴く雪ふる夜は

野の雨に

音たてて白菜切りつつ夫起こすこんなに明るい闇に気づかず

花びらが斜めに流るる朝十時やさしき手紙をわが受けとりし

絵筆もてさらりと描かれし白蓮の内なる青にひとりをおもう

正直にきびしき物言いする奥にひそむやさしさ見逃さざりき

交わされぬ約束のまま遠のきて海べの町にまた灯が点る

追憶のせつなき匂いもう一度生まれ変わらなと海に告げし日

おおははの機織る音がきこえます春雪ほんのり窓明るめて

野の雨に濡れたる髪をふきおれば若芽はじくる微かなる音

レモン一つ

光さす窓の外に咲くはくもくれん白は時にははげしき色なり

この青き空切りとりて送りたし今日も雨とう友住む町に

木斛《もっこく》の木より去りたる鳥の声、羽の気配をしばし残して
春のひかり拾いゆくなり畦道の野あざみ風にすこし傾げて
もうだめと息ふるわせて散る花に呼びてもどれる遠きかなしみ

花冷えの白き便箋に真向かえばたちまち春の水溢れくる

新月の高き夕空うら庭の牡丹ゆるゆる解ける気配す

肌冷ゆる夜の卓上に置かれあるレモン一つがまろき影おく

水神を呼ぶ

七夕の一夜かぎりの逢いの夜のうす暗がりに彦星さがす

ひと世かけて渡れぬわれの天の川人を憶いて風に吹かるる

短冊に書きし十五の願いごと初めて知りし恋の羨しさ

葉の陰に雨やどりする蝸牛《かたつむり》抜き足に過ぎ振りむかず行く

言い分けを言えばそれは嘘になるそれを許せぬ自分に疲る

ゆっさりと藤の花垂るる下にきて理由わからぬ涙がわきぬ

母の生家の蔵に読みたる母の文字うすれて細き藤村の詩《うた》

池の面に夕日が遊ぶひとときを祖父の言いいし水神を呼ぶ

白きひらひら

まっ青にひろがる空へまぎれゆく病まざる蝶の白きひらひら

わが裡の呼び水となり溢れくる柿の若葉の一息ひといき

一本の補助線のように伸びている枝に小鳥が空をみており

うっそうと茂りて暗き大樟に耳をあつれば太古のひびき

もう一度白い心になれたなら裸足になりて川歩きたし

かるがもの親子が遊ぶ映像にみとれてパンを焦がしてしまう

出口なきわが胸に張るこの糸をポロンと鳴らす卓の野あざみ

ふうわりと空気の動く気配して白猫あらわる暗かる路地に

ふるさとの駅

裏庭の梅の古木の洞《うろ》に吹く過ぎこしの風今日のこの風

青梅のころがる道を駆けてくる少年のシャツのゆるゆるの首

この角を曲れば茱萸《ぐみ》が熟れている答えを見つけたように歩めり

砂糖菓子のような危うさふいに見せ子は髪を梳く夏の鏡に

心鎮め遠い視線にゆっくりと息を吐くとき優しくなれた

ふるさとの高原の駅に降り立ちて萩にもの言う胸あつくして

父も母も乗り降りしたるこの駅の改札口の県境の風

ふるさとの田舎の駅に安らぎて堀辰雄の詩をわが口ずさむ

形見

駐車場のすみに露草ひくく咲き村落の少年かけ足に過ぐ

冷蔵庫の野菜室にてゴーヤ二本わがもの顔に寝そべっている

『森のやうに獣のやうに』裕子さんの第一歌集は今に鮮らし

万年筆のインク乏しくなるままに手紙書きつぐ夏祭りのこと

玉蜀黍の葉ずれのさやぐ道をきて誰にも渡さぬ涼しき葉音

ふるさとの高原の駅「上石見《かみいわみ》」に足ふみ出せばあの日の風が

暮れ方の光を内に溜めながら位置しめて咲くゆうがおの白

亡き母の形見にありし帯留の深き藍いろ眼にして眠る

夏のおわり

分度器をすこしずらして見る空に今日はむかしの蜻蛉あまた

台風のすぎたる後の窓ちかく花ちぎれいる桔梗いちりん

どのような辛いおもいを溜めおらん樟の古木のふくらめる瘤

自転車に笹百合のせてゆく人をはちみつ色の秋日がつつむ

ジャズの音低く流して雨の午後茨木のり子の『清冽』をよむ

裏道にほっそり芙蓉の花おちて夏のおわりのひぐらしが鳴く

重そうな今にも落ちくる月ですと母に告げしは新婚のころ

夜のテレビ消したる後も残りいる大文字なる赤き火のいろ

色を鎮めて

母の描けるひまわりの絵の金色が色を鎮めて十月に入る

今年またさざんか咲けりわが庭に今朝一つだけの白き花びら

捨て猫をひろいてきたる妹をやわき眼に笑みおりし父母

いかにして生き抜くるという答なく裡に秘め持つ母である自負

子の背を追いかけにしはこの辺り秋の夕日にえのころ濡るる

わがセーター解きて編みたる子のケープ古き木箱に畳まれてあり

大根のことこと煮ゆる雨の午後刺繡のお花はまだ仕上らぬ

甘やかに小犬よぶ声きこえくる垣のむこうの制服の少女

白い花

明るさを背に覚えて振りむけば庭にしろじろさざんかの花

どの花も語りかけつつわれに向く声を聞かんと寄りて耳研ぐ

どのような痛みに堪えて咲くならん時をたがえぬ白きさざんか

人はみな優しきものと思いいき心の裏を気づけぬままに

アイロンの余熱に当てしハンカチの茶色のチェックが秋を深むる

十三年を経たる母の命日に窓明るめて秋明菊咲く

声高にその妻を呼ぶ若者が垣のむこうに大根をひく

明るき方へ

半月の淡く残れる冬空にけさ胸白き鳥が飛び立つ

色の無き風に吹かれて南天の朱実は冬の光を散らす

身に沁むるほどではなくて冬迫る風の中ゆく土手にたんぽぽ

晩秋の生家の背戸はしずもりて亡き父植えしポポーの木伸ぶ

再びはかえらざるもの恋うる日の水音きけば水の音する

ゆっくりと道を歩まん病い得て神の歩みに気づかされたり

裏庭に金柑熟れしを夫が告ぐ間ののびのしたる因幡《いなば》ことばに

枯れ葉ふむ足音そしてこの寂を巻き上げくれぬか明るき方へ

冬蝶

ふゆぞらへ寒紅梅は立ち上り色無き庭がわずかはなやぐ

わが裡に飼いいる冬蝶とびたたず窓に粉雪あそびつつ降る

粉雪は木綿のやさしさ春を待つ冬芽の呼吸《いき》がかすかに聞こゆ

かくれ鬼して遊びたる日はとおし冬の机にどんぐり転ぶ

もう一度してみたかるは軒下のつらら壊してあそびたること

鉛筆のミツビシ2Bが筆箱にいつもあることそれだけでいい

無口なる宅配便の青年の白きズックが冬の陽はじく

前かけのポケットの中の茶の花が萎れ出できぬ真白きままに

梅

日の差して溶けゆく雪の輝きがビーズとなりて光を散らす

かたくなに開かぬ梅を見上げつつ夫が一言さむいとだけ言う

かがまりて摘み来し芹を洗うとき昔のおみながわが内に棲む

淋しさにつながれて来しこの坂の寒紅梅のふくらみに会う

草原の真中に凹むひとところ少女ふたりの膝のぬくもり

大祖父も見守りて来し裏庭の樟の大木の瘤あたたかし

ただ一つ秘め事もてるはなやぎを冬の空ゆく雲にだけ告ぐ

花柄の布をつないで縫いくれし母のおてだま憶う雪の夜

さくらの下に

今日一日ゆるされてあるこの星に桜は咲けり風のかたちに

花の下に告白うけし過去《すぎゆき》よとおに薄るるパステルの色

雨音の止みたる窓に匂いくる未成年のごとき今年の青葉

雨のホームへ改札口を抜けてゆくカガンボのような若者の脚

山茱萸の黄なる小粒が咲きそめて懐妊知りしかの日たちくる

枝はなれ散りゆく刹那の叫び声きさしとおもう桜の下に

なわとびの大波小波に乗れぬまま春の夕日につつまれていき

まなこ閉じ無音をしばらく楽しめり花の真顔にすこし疲れて

水車小屋

待ちびとはかならず来るとう占いを半ば信じて朝刊たたむ

骨一本折れたる傘になじみいて雨ふる庭の牡丹みにゆく

スカンポが私を遠くへつれてゆくあの水車小屋の低き傾りに

スカンポを手折りてコップに挿したれば茎のぼりゆく初夏の水

ゆく春の川に浮きたる一枚の青葉みて過ぐおまえも独りか

わが蔵に百年おわす雛さまを抱き起こしつつその髪撫ずる

思い出す霧島つつじ赫《あか》を背に鎌研ぎおりし井戸ばたの姑

若き日のわれを揺さ振りつづけたる太宰の『晩年』今は読まざる

跋　清潔な感受性の成果

篠　弘

もっと早く歌集を出して欲しかった人である。こうした人は尠くないが、この著者もその一人であり、とりわけ遅れたことが悔やまれてならない。

私どもの「まひる野」に参加されたのは、平成二年九月であり、著者が四九歳の時である。その二、三年前から、地元鳥取県の「情脈」に出詠されてきたことを知るが、かなり若い時代から作歌を始めていたのではなかろうか。これまでの作品からうかがわれるように、中城ふみ子、寺山修司、河野裕子らの短歌を読んでいたうえ、中原中也、立原道造、茨木のり子らの詩に心酔した経緯があり、然るべき蓄積があったと思われる。こうした詩歌人の名を詠み込んだ歌があり、大きな暗示と影響をうけながら作歌への関心を深めてこられたのであろう。

結社誌の慣行として、新入会員の発表の場は「作品Ⅲ」となるが、その欄の選者が見逃すはずがない。百数十人が出詠する欄の中から、その号できわだつ十余人の作品を「月集」欄に推す仕組みであるが、出詠を始めた直後から、著者はその常連として注目されるという、特筆すべき出発であった。

折から平成三年四月、主宰者窪田章一郎の快諾を得て、新人を育成するために篠が選歌をする「まひる野集」欄が新設された。
入会した翌三年のその頃の作品を引いておきたい。たとえば「ふりむけば青」（平3・8）は、みずみずしい初夏の風物に触れた身体感覚が息づき、爽快感にとんだ美意識の溢れるものであった。

うつしみの何の羞《やさ》しさ鮮しき今年の若葉に指ふれしとき
傘に入る雨の匂いのさやけくて振りむけば青あじさいの藍
何ゆえのたかぶるいのち初夏に入りし鋭き光と一つとなりて
草の色満たしてかぶる夏帽の髪にきしめばふいに稚き
中也の詩句浮かびて風に吹かれおり残りたんぽぽの綿毛を纏う

やわらかな若葉を手にした、フレッシュな感触をたのしみ、初夏を迎えたよろこびに始まり、藍一色のあじさいを前にして、すがすがしい雨の匂いを嗅ぎとる作者。また、若草色の帽子をかぶる際の髪のきしむ音に、幼時にかえる心もちや、たんぽぽの絮毛を全身にまとった、初夏の在りし日を懐かしむ。

この三首目の〈何ゆえの〉の歌について、先師章一郎が「作品評」（平3・10）で認めていたことを思い出す。「初夏になったのを、はっきり感じさせる太陽の光のなかにいると、何かわくわくと落ちつきかねる。それを〈いのちたかぶる〉と把握している。さわやかな言葉ではいいようのない若者の歌」との評価は、新入の著者を心から励まそうとするものであった。

このようにして入会以来、内部からの確実な支持を得るようになった著者である。そして、早くも二年目にして「まひる野集」欄に推挙され、篠が直接選歌することになった。あくまで作品本位のことで、鳥取県在住の著者とは会ったこともなく、その人となりも知らなかった。当時の同欄には、現在も出詠をつづける加藤孝男、広坂早苗、斎川陽子らが所属し、目下は「作品I」欄で活躍する柴田典昭、亜川マス子、高野暁子、平田久美子らも発表しており、すでに概ね歌集を上梓されている。
著者が初めて「まひる野集」欄に出詠した作品として、「小指の爪の紅」（平4・4）を挙げておきたい。当初よりの大きな変化はないが、日常における瑣事に着材し、この著者にふさわしい新鮮な発見があり、詩的な美意識がくりひろげられていた。

平らなる新雪二月をきらめきて立たせたし赤き長靴の少女
心にもなきこと言いてふりむけばすでにさざんか潤みはじむる
崩れ易きかたちにみかん盛り上げて危うき刻を愛しみており
さわさわと何のときめきぬり了えし小指の爪の紅すきとおる
一枚の枯葉をのせてゆれている冬のブランコ日暮のなかに

相変わらずに美しい歌がならぶ。一首目の〈赤き長靴の少女〉は、みずからの分身であり、娘をいとおしむナルシズムがひそむ。二首目の〈さざんか〉

も、己れの思惑を超えた生命力をもつ。三首目の〈みかん〉は、崩れ落ちる瞬間を待つ不安感の反映であろう。やはり四首目の〈小指の爪〉のマニキュアからも、自己慰安の術を知る悲しさか。五首目の〈冬のブランコ〉も、寂し過ぎるものを見てしまった内的葛藤が治まらない歌で、かなり前出の一連よりも、五十歳代に入った著者の詩的感受性の深化をうかがうことができようか。

初めての歌集を出すに際して、当然のことながら「まひる野」に出詠された、その当初からの作品を収めたいと考えたが、平成二年にさかのぼるならば厖大なものになってしまう。おそらく通常の歌集の三、四冊分の歌量に及ぶであろう。抄出することは、この著者の持ち味を失いかねないことから、いまは平成二五年四月からの近作を、まずもって一冊にまとめることにした。それ以前の作品は捨て難いものであり、何らかの対応策を別途考えるべきであろう。

本書が、平成二五年四月からの五年間の作品五〇四首となった経緯を、ここで述べるとするならば、著者が大病を患い、しばらく欠詠された後、あざやかに復活された時期に相当する。著者本来の冴えた美意識が深まるとともに、若さを取り戻そうとする気概と、盛り返し難い不安とが交錯した、すくなからぬ変化が見られたからである。この時期から本書を始めることについて、著者と私との意見はおのずから一致し、異論が出てくる余地はなかった。
ちなみに、第一部「風を見ている」における巻頭の「水奔る」の一連に注目したい。

ひと日ひと日切に重ねしこの冬をめくりたるがに紅梅ひらく
春の光すくいゆく手に体調を気づかいてのする蕗の薹ふたつ
息こらし黄蝶のゆくえ見まもりぬ薺《なずな》の向こう風になるまで
祈りつつ流れにわれを乗せゆかん今年の木の芽が小さく覗く
眉月のゆうぞら高き花びらのふくらむ気配しいんと充つる

風物をじっくり見つめ、観察する特徴に変わりはないが、敏感にその生命力に反応してやまない。一首目は、己が手で蕾を〈めくりたるがに〉紅梅が咲いたと感じ取る。二首目の両手で〈春の光すくいゆく〉という感触もおなじである。みずみずしい蕗の薹のもつ温かさを知る。三首目は、黄の蝶が〈風になるまで〉と詠み、風に乗って翔んでゆく命の確かさを慈《いつく》しむ。四首目の小さい木の芽は、病気あがりの己が身が、春の季節の〈流れ〉にぶじ乗ることを祈る。さらに五首目は、中空を走る花びらの〈ふくらむ気配〉を希うなど、春を迎えた植物の豊かな生命力をいとおしむものとなっていた。

この歌集は、病んだことによる気弱な著者が、いきいきとした植物の勁い存在にうながされて、立ち直っていくところから始まっている。身についた肌理《きめ》の細かい感受性が、生きてゆく者の豊かさや勁さ、さらには優しさや穏しさが、作品の主流となっていく。

たとえば、「真みどり」の一連には、次のような明快な歌がある。

万年青《おもと》とはよろしき字なり正月の床に活けたる深き真みどり
春告ぐるフリージャ瓶に投げ入れて今を一番若しとおもう

特に二首目は、ここまで快癒したことを言おうとし、直截に言い切りたかったのであろう。

次の第二部「人であること」に入るが、静謐にみずからの内面をきわめる作風からして、目立った変化はない。第一部の後半から、「夫」や亡き「母」を詠む歌が増えてきていたことが、さらに顕著になったと言えようか。

ことばを換えて言えば、日常や家族に着材したものが散見されるが、じめじめした愚痴っぽい生活詠や、人情や恩情に流された家族詠ではなかった。ようやく健康を取り戻したことによる、心もちの余裕にともなうモチーフの拡充によるものであろう。

この部の初めのほうから、目につくままに家族を詠み込む歌を挙げておきたい。

樹の陰に見え隠れするは亡き父かすすきの道はもう夕暮れて
やわらかき光を溜めてふくらめる紅梅をさすおさな子の指
雪の日に母が折りたる雛人形目も鼻も無きに笑みをたたうる
ぼんやりと靄立ちこむる遠空のおぼろ月かな夫のかたわら
百日紅みあぐる少年の耳白し汚るる言葉いまだ知らざる

これらの特色は、身めぐりの自然や風物と共に人物が捉えられていて、いかに家族との結びつきが豊かなものであるかが分かる。型通りの家族愛の歌ではなかった。繊細に情景が描写されていることで、家族に対する愛が深まる。自然と一体化した暮らしがあることで、こうした領域が広がっている。

したがって、この第二部の実例として「予感」の一連を引くが、日常の生活詠が充実してくる。

落椿をま白き皿に浮かべたりも一人のわれに会える予感に
リビングの窓ガラス拭きみる庭に小粒の金柑かがやいている
睡そうなこけし二つが肩よせる日溜りのような冬のリビング
中空に和紙のようなる昼の月パパンと打ちてジーパンを干す
前の世に翼ありしかわが背《せな》のわずかな凹みが時おり痛む

特にこの一連が、他より勝っているからではないが、感受性がゆとりをもち、鋭さを増している。一首目は、白い皿に紅の落椿を浮かべることで、己れに想定外の思い切った感覚を喚起する。この一首が、他の歌の独自な描写に反映するかのようである。小粒な金柑の煌めきにおののき、寄り添うこけしの睡そうな姿に気づく。さらに四首目は、空に貼りついた〈和紙のやうなる月〉に目を瞠り、その下句は著者にとって珍しい迫力ある動作を誘い出してくる。また五首目は、しばらく病軀を詠まなかったが、〈前の世に翼ありしか〉と病跡に対する幻覚をもつなど、日常詠のなかでもきわだつものとなっていた。

しめくくりの第三部「太古のひびき」の題名は、〈うっそうと茂りて暗き大樟に耳をあつれば太古のひびき〉の一首から採った。大樹の生命への憧れを知ったからである。

この第三部で注目したことは、孤独で無垢な感受性の成長のために、早くから努力されてきた経緯が明らかになる。

そら豆の殻の鳴る音きこえくる寺山修司の歌集ひらけば
『森のやうに獣のやうに』裕子さんの第一歌集は今に鮮らし
ジャズの音低く流して雨の午後茨木のり子の「清冽」をよむ
若き日のわれを揺さ振りつづけたる太宰の『晩年』今は読まざる

これらから暗示を受けたことの説明は要らないであろう。けっして希望を捨てなかった明るさと、絶望や虚無と隔たってきたいきさつが理解される。

この第三部が人生味を帯びてきた。その特徴をあらわすものとして、きわめて最近作である「さくらの下に」を引いておきたい。

今日一日ゆるされてあるこの星に桜は咲けり風のかたちに
花の下に告白うけし過去《すぎゆき》よとおに薄るるパステルの色
山茱萸の黄なる小粒が咲きそめて懐妊知りしかの日たちくる
枝はなれ散りゆく刹那の叫び声きさしとおもう桜の下に
なわとびの大波小波に乗れぬまま春の夕日につつまれていき

著者の好きな「さくら」が、生き抜いてきた生命の喩となっている。一首目は、桜の開花に遭遇した歌に外ならないが、上句が独自なもので、〈今日一日〉の現在まで生き長らえた歓びを詠む。二首目は、夫から愛の告白を受けた衝撃が忘れられない。〈とおに薄るる〉と、遠い思い出として薄れたと詠むが、クレヨンより濃いパステルで描かれたものとして消えない。三首目の山茱萸は、桜と同時期に咲く花で、初めて懐妊した昂りを思い出す。四首目は擬人法を使っていて難しいが、上句の〈叫び声〉は、子が生まれた時の「うぶ声」も、咲き満ちる桜の下であったことを懐かしむ。さらに五首目は、出産後の自分が、子らと遊ぶ「大波小波」の縄跳びに入れずに豊かな気分で見守るのみであった愉しさを詠み足していた。

この「さくらの下に」の一連には、桜が咲く季節になると必ず想起される充足感があり、そこには忘れ難い実感にもとづく人生味、いわば人間模様の趣きや味わいが滲むものとなってくる。歳月の流れに失われてしまわないものが生きている。

以上、本書を読まれる人たちのために作品の概説を記してきたが、これほど清潔で透明な感受性の持ち主は、いまどき珍しい。鳥取県の風土にあって、多くの自然の植物が、その対象となっていることにも驚かざるを得ない。豊かなもの、美しいもの、ひいては若やいだ健やかなものへの憧れが、著者の人間性と詩的想像力を支えてきている。

この著者は、きわめて批評を受ける機会が乏しかった人である。本書の刊行によって、より多くの適切な評言が寄せられることを希ってやまない。私自身もそれを期待している。

二〇一八年七月

篠　弘

あとがき

私の短歌との出会いは文学好きの母によるものでした。結婚してすでに母になっていた三十五歳の時、突然父の急逝にあいました。その後母は、短歌に活路を見いだし、再び生きてゆく力を得てゆきました。昭和六十三年の春、私も子らの成長を見届けて、母が所属する鳥取の結社「情脈」に入会いたしました。

そして平成二年九月に、私は縁あって「まひる野」に入りました。入会してからは篠弘先生のご指導をいただくことになり、抜擢されて「まひる野集」の欄にも加えてくださり、沢山のことを学ばせていただきました。

ところが六年前に、突然父と同じ病気により五か月間の入院生活を余儀なくされました。その時、ベッドの上でいつも考えたことは、もう一度短歌を書きたいという思いでした。幸いリハビリを経て、もう一度作歌をという一心の思いが私を奮い立たせ、七分どおりの回復を得て退院いたしました。今でもすこし無理をすると疲れて右腕が痛むのですが、ここまで回復できた喜びのほうが大きく感謝する毎日です。

私は父を尊敬し、大好きでしたので父の突然の死は受け入れがたく、悲しみはいつまでも長く消えませんが、父と同じ病気になりながら私だけが命を助けられたことは、きっと父がも少し生きよと言ってくれているようで、短歌に更に挑みたいと思うようになりました。

この歌集は病気を得てよりの六年間のものと、すこし以前のものも入れております。題名の『白いさざんか』は、篠弘先生につけて頂きました。この花は裏庭に毎年十月の終わりごろから咲く一重の白いさざんかです。病いを得てよりこの花がいっそう好きになり、私の命のようにも思えて毎年咲くころが待ちどおしく、その頃が近づくと心が落ちつきません。春を待たずに散ってしまう花ですが、その真白さに会える季節が一番生きている自分を感ずる大切な時間です。短歌にむかっている時が一番ありのままの自分であることに気づきました。この歌集をまとめるにあたり、篠弘先生には終始ご面倒をおかけし、そのうえ跋文をいただき身に余る光栄と感謝の気持ちでいっぱいです。ほんとうに有難うございました。

　また、「まひる野」の同人の方がたおよび多くの歌友の皆さまに感謝を申し上げます。そして鳥取の結社「情脈」の歌友の皆さま、多くのご指導をくださった先生がた、特に亡き大寺龍雄先生、西村喜久先生に心よりお礼を申し上げます。

　この歌集を当初の段階からお引き受けくださいました砂子屋書房の田村雅之様に厚く感謝申し上げます。

平成三十年七月八日

滝田倫子

著者略歴

滝田倫子（たきた　のりこ）

昭和十五年十二月六日　大阪府吹田市生。
鳥取県立（現）日野高校卒。

昭和六十三年の春、「情脈」入会。
平成二年九月、「まひる野」入会。
平成三年四月、新設「まひる野集」欄に推挙。

まひる野叢書第三五八篇
歌集　白いさざんか

二〇一八年九月二五日初版発行

著　者　滝田倫子
　鳥取県八頭郡八頭町船岡三五二（〒六八〇—〇四七一）

発行者　田村雅之

発行所　砂子屋書房
　東京都千代田区内神田三—四—七（〒一〇一—〇〇四七）
　電話　〇三—三二五六—四七〇八　振替　〇〇一三〇—二—九七六三一
　URL　http://www.sunagoya.com

組　版　はあどわあく

印　刷　長野印刷商工株式会社

製　本　渋谷文泉閣